CW00405250

Gloria Corradini

PILAR

un anno con te.

Gloria Corradini
Pilar - un anno con te

Dedicato a tutti coloro che attraversano le "foreste",

che possano trovare la saggezza di affrontarle.

Dedicato a tutti coloro che persi, seguono il proprio cuore,

possiate sempre averne la forza e il coraggio.

Dedicato anche, a tutti coloro

che creano le "foreste" e le alimentano.

Possiate non cadervi mai,

non provare mai quel dolore,

che vi sia sconosciuto.

Dedicato alle "foreste".

Che possa la vostra anima,

forgiare in coraggio e sensibilità

le anime perdute.

Possano sempre in voi, trovare il vero sé.

Gloria

Non c'erano altre parole per descrivere il tuo arrivo in scuderia.

Semplicemente la gioia di aver realizzato il mio sogno più grande.

Avere un cavallo, avere un amico.

Quando ti ho presa non avevo aspettative, se non quella di fare tutto ciò che è in mio potere, per farti star bene.

Pilar.

Il tuo nome è Pilar.

Molto presto sarebbe diventato Pippi.

Capisco il significato di tutti quei litigi con i miei genitori.

Mi avevano sempre proibito di chiedergli di comprare il cavallo.

La risposta era sempre la stessa:

"Assolutamente no, siete in tre fratelli, se a te prendiamo il cavallo, agli altri cosa prendiamo?"

Non sarebbe giusto".

E puntualmente questa frase era seguita da:

"Quando avrai i tuoi soldi potrai pensarci."

Ciò che pensavo fosse estrema cattiveria dei miei genitori, perché non comprendevo come non potessero mai capire questo mio enorme desiderio, questa mia profonda passione; si è rivelata la mia salvezza.

Grazie alla loro negazione, mi sono tirata su le maniche, lavorando per il mio cavallo.

E quel giorno, vedendoti scendere dal van, ho capito cosa fosse la felicità e quanto può essere forte il senso di soddisfazione.

Soddisfazione sì.

Perché quando ti impegni e studi, lavori ed impegni di nuovo, per uno scopo, per un sogno; quando questo arriva quasi ti lascia senza fiato.

E tu eri così bella quel giorno.

Da rimanere senza fiato.

Come in ogni bel sogno, arrivano sempre le difficoltà.

Ad un mese, in cui Pilar sei arrivata in scuderia, hai iniziato a stare male.

Il tuo naso spurga e sembri triste.

Il veterinario ci ha prescritto una terapia, la iniziamo, ma non eri serena e il male non passava.

Qualcosa non andava.

Fuori di me e dentro di me.

Davanti alla tua malattia mi sentii finalmente come il mondo voleva farmi sentire: tu non sei all'altezza.

Forse non lo ero, forse non ancora, forse avevo sbagliato, forse ti dovrei vendere.

Ma come si fa a vendere di nuovo un'anima ferita?

Lo si legge negli occhi e certi cavalli.

Quanto questi siano feriti.

E io vedevo tutti i giorni i tuoi.

Ci riteniamo così umani e così potenti su questa terra, allora come facciamo a non ascoltare il prossimo che chiedi aiuto?

Se davvero siamo così "avanti",ci dovremmo prendere cura di ciò che c'è stato donato e che abbiamo scelto, come potevo io lasciarti lì?

Eri e sei una mia responsabilità.

Così cominciai a lottare con tutte queste sensazioni.

Con tutti questi pensieri, perplessità, preoccupazioni.

Sembrava una foresta, ogni ramo, ogni rovo, una sensazione.

Continuai a lottare in quella foresta, alla ricerca disperata di un aiuto, di una luce.

Continuai a lottare tra quel senso di inadeguatezza e la mia voglia di farcela, per te.

A volte, il senso di inadeguatezza mi sussurrava all'orecchio di mollare, molti avrebbero fatto meglio di me, sarebbero stati più bravi, più pronti a reagire, più preparati...

Però ti avevo scelto io, eri mia, sei mia, ti avevo scelto e ti sceglierei ancora.

Eri mia, ed era una mia responsabilità.

Avevo visto i tuoi occhi, non potevo far finta di nulla.

Continuai così, a lottare, nella foresta.

E tu lì, al mio fianco.

Forse non volevi neanche esserci.

Ma eravamo lì entrambe.

Il sentiero prima, era ormai scomparso.

Non eravamo più noi.

“Sì sono morta, no aspetta.

Sento qualcosa!

Dove mi hai calciato? Forse mi hai preso la gamba, forse il bacino…

Ho paura a toccarlo.

Sarà scappata? No, sento che è qua…

E se mi fossi rotta il bacino? Come lo dico a mia mamma?

Basta, ora provo a rialzarmi.

Dov’è Pilar?

Ah sei qui, ok riesco ad alzarmi, cammino.

Ho i pantaloni tutti rotti, ma cammino.

Ti rimetto nel box.

Cammino.

Oddio i pantaloni sono tutti bucati.

Ciao Pilar, tutto bene?

Tranquilla non è successo niente.

Andiamo a casa, ho esagerato…"

Questi sono stati i miei pensieri.

Tutti venuti fuori negli esatti due secondi in cui ero lì, distesa nella sabbia.

Un attimo prima passeggiavo a mano Pilkar, un attimo dopo ero lì per terra.

Ricordo solo una rabbia immensa.

Una sgroppata, un calcio e io per terra.

Poi nulla.

Come se il mio corpo fosse rimasto svuotato da quel calcio.

Come se quel calcio avesse portato via con sé, tutto ciò che sentivo quel giorno, tutta quella rabbia.

Rabbia sì, perché mi sentivo profondamente incompresa e sbagliata in tutto ciò che facevo, dicevo e sentivo.

Ero sbagliata.

Ma non mi volevo arrendere a questa cosa.

Perché dovevo essere sbagliata?

Ci avevo messo ogni sforzo, tutta la mia passione, tutto il mio cuore per arrivare lì e ora ero sbagliata! Perché dovevo essere io quella sbagliata!

Ero arrabbiata, profondamente arrabbiata, ogni muscolo del mio corpo lo era e avrei voluto solo urlare quel giorno.

Ma decisi di passeggiare con te, con l'idea innocente che tu mi potessi consolare.

Invece, tu mi desti la più importante lezione della mia vita.

Con un calcio, ancora mi domando come io non mi sia fatta nulla.

Ciò ora prova, quanto nel tuo disagio, tu sia stata lucida e coerente con quel calcio.

Non mi volevi fare male.

Un cavallo sa come farti male, se vuole, lo può e lo sa fare.

Tu invece volevi proprio stendermi.

Mi ricordo il tuo sguardo.

Tu rimasi lì a guardarmi, non sei scappata, non sei andata nel prato con l'erba.

Il recinto era aperto. Potevi andare, potevi andare a mangiare qualche ciuffo d'erba.

Hai scelto di stare lì a guardarmi.

Ferma.

E poi ti lasciasti condurre a casa, come se nulla fosse.

Io vuota.

Nessuna emozione, nessuna lacrima.

Svuotata da tutto.

Quel giorno sono morta.

Avevo raggiunto ogni limite.

Sono morta, mi hai permesso di morire.

E ora cosa avrei fatto?

Cosa c'è dopo la morte?

Dopo la morte c'è un limbo.

Una terra abitata da pochi, se non da nessuno.

Una terra arida senza emozioni.

Ti senti svuotato.

La consapevolezza di un passato, in cui non puoi più rifugiarti.

E un futuro, che non è più come lo avevi immaginato e come te lo stavi dipingendo.

Sei solo.

Ma io non ero del tutto sola.

Avevo una cavalla.

C'eri tu, Pilar.

Ero a pezzi. Ma l'avevo voluta io, come avrei fatto con me stessa e lei.

Avrei potuto venderla.

Ma c'erano i suoi occhi.

Ero lì.

Senza emozioni.

Solo un gran senso di non appartenere a nulla.

Non appartenevo ad un passato, che ora vedevo con così troppa lucidità.

Una lucidità che faceva male.

Avevo occhi nuovi. Dove sarei andata?

Non avevo nulla se non te.

Può essere un eufemismo; ma cos'ha una persona che ha appena perso il lavoro, le sue certezze, si ritrova con una famiglia, certo, con la quale vivo, ma con la quale, nessuna parola potrà mai far comprendere cosa sei per me Pilar.

Per loro sarebbe stato meglio se ti avessi venduta.

E ci stavo pensando. L'avrei fatto.

Ma poi c'erano i tuoi occhi.

Mi ritrovo con loro, con niente in mano e con te.

Cosa avrei fatto?

Sapevo solo una cosa, una sola cosa ero certa.

Eri arrivata, ci eravamo incontrate, ti avevo scelto e voluto così tanto.

Come avrei fatto?

Non potevo lasciarti andare.

Ti avrei davvero guardato risalire sul van,
con quei tuoi occhi?

Eravamo in un limbo, entrambe.

Non ti meritavi di stare in quel limbo a causa mia.

L'ho sempre detto che il vero dramma per i cavalli, è avere noi umani accanto.

Riversiamo su di voi, così tanta frustrazione, tristezza e delusione che a volte mi stupisco di come possano stare ancora al nostro fianco.

Noi umani, rifuggiamo da ciò che ci dà dolore, da ciò che ci rende tristi ci ferisce.

Voi invece trovate la forza di rimanere, forse per rassegnazione.

Eppure rimanete.

Non ve lo meritate.

Noi siamo il casino.

Voi tollerate, vi facciamo tollerare o pretendiamo che voi tolleriate, ciò che in realtà, risulta essere un nostro problema.

Un nostro casino.

Mi chiedo sempre se noi umani, messi nella loro stessa condizione, potremmo mai avere la stessa forza di rimanere.

Rimanere al fianco di una bomba di emozioni, di un guazzabuglio di sensazioni che si sovrastano e non hanno coerenza.

La risposta forse è no.

Cercheremmo tutti la felicità, la pace, la coerenza, l'equilibrio.

Eppure voi rimanete.

Tu cara Pilar, rimasi.

E in quel guazzabuglio del mio passato, delle mie emozioni dovevo però cercare una soluzione.

Uscire da tutto ciò che era stato.

Andare avanti, per me e per te.

Ogni giorno, in quel guazzabuglio cercavo di vedere la luce, ma puntualmente qualcuno era pronto nel buttarci sopra d'altra cenere, altra cattiveria.

Eravamo ricoperte.

Io ero ricoperta, perché tu non l'avevi voluto.

Ti ci avevo trascinato io sotto quella coltre di cenere.

Ed ora, dovevamo risalire.

Dovevamo cercare il cielo.

Scusa a te cara Pilar, siamo qui sotto ed è per colpa mia.

Scusa al mio passato, molte volte l'avevo mal interpretato.

Ad alcuni, fece comodo così.

Scusa alle persone che mi avevano voluto bene, ora capivo le loro intenzioni sincere e mi sentivo così sciocca e così in colpa.

Ma il passato era ormai tale.

I miei errori erano già stati fatti e tu Pilar, non potevi pagarne ancora le conseguenze.

Bussammo ad una porta e ci aprirono.

Avrei aperto al posto loro?

Ci vuole molto coraggio e molta bontà per aprire una porta al passato.

Vederne gli scorci, ma avere la lungimiranza da non venirne inghiottiti di nuovo.

Coraggio e consapevolezza, che ciò che è stato è stato.

Quanto potrò mai ringraziare tutto questo?

Queste persone?

Forse mai.

Ma almeno Pilar ora avevi una nuova casa, un nuovo branco, non ti piace, però andrà bene così. Siamo confuse, ma viaggiamo insieme.

Con le persone di un passato che era stato, con le sue gioie e le sue ferite, che hanno scelto di accompagnarci ora nel nostro futuro.

Mi hai baciato scendendo dal van.

Grazie per la tua fiducia.

Non sapevo neanche cosa stessi facendo.

Ma eravamo insieme.

Ora puoi riposare, siamo al sicuro.

Ci vediamo domani.

Alla casetta nuova procede molto bene.

Pilar cosa ne pensi?

Vedere la tua faccia nel campo in erba, mi ha fatto rendere conto di quanto fossi tu, in realtà, confusa.

Quel giorno, ti ho lasciato nel campo.

Slegata la lunghina, sei rimasta lì a guardarmi.

Non sapevi cosa fare.

Mi guardavi, sempre con i tuoi occhi, ora non più feriti, ma in panico.

Cosa dovevi fare? Forse correre? Forse mangiare l'erba? Sdraiarti? Impennarti?

Non ne avevi idea.

E io, ne ero sconvolta.

Davvero ti avevo fatto questo?

Nel mio ideale, i cavalli nell'erba corrono liberi e mangiano a sazietà e tu invece eri lì a fissarmi.

Ti ho fatto un cenno, a caso, totalmente a caso.

Hai iniziato a mangiare, con un misto di rabbia, nervosismo, ansia.

L'erba veniva strappata e i tuoi denti sembravano con commettere infiniti omicidi.

Scagliavi nell'erba tutta la tua rabbia, cosa ti aveva fatto?

Sembravi ucciderla, lacerarla, ferirla, strapparla.

Sono rimasta a guardarti.

Probabilmente quella povera erba, stava subendo ciò che tu avevi risparmiato a me.

Probabilmente, dovevo esserci io al suo posto. Ma tu mi avevi risparmiato.

Te ne fui grata, ma mi sentivo in colpa.

I giorni passavano e decisi di non fare nulla, solo godermi la serenità che ti porta l'essere grata alle persone, alla vita.

Ti portavo a mangiare l'erba tutti i giorni e io rimanevo lì seduta a guardarti, ringraziando che ci fossero permessi questi momenti tutti i nostri.

Ringraziando chi ci aveva salvato ringraziando te, per avermi permesso di trovare la forza e ringraziando me, per aver avuto il coraggio di usarla.

E anche tu, piano piano, hai iniziato ad apprezzare l'erba per ciò che era.

E per il sapore che aveva.

Piano, piano, iniziamo a fare nuovi progetti per la mia vita e per la tua.

Tante idee, mi chiamavano per diversi lavori e scesi di andare in un asilo.

Dopo l'università avevo iniziato a fare il lavoro dei miei sogni: aiutare i bambini, i ragazzi, con difficoltà e non, attraverso il cavallo e le esperienze della vita di maneggio.

Avevo rinunciato.

Forse, non era la mia strada.

Lo volevo, ma ora non potevo.

Iniziare un lavoro in un asilo, mi ha permesso di conoscere un mondo nuovo e nel mentre, ho iniziato a fare coperte per i cavalli.

Sto conoscendo tante persone nuove e rivedendo tanti volti conosciuti.

Ogni progetto è entusiasmante, ricco, felice, pieno di aspettative.

Ma io chi sono?

Noi, cara Pilar, dove stiamo andando?

Ora siamo felici.

Ma cosa c'è dopo la felicità?

Essere felice è un momento, nel restante tempo, chi siamo?

Siamo in un prato, rivedo la foresta di rovi.

La ricordo, mi ha ferito tanto.

Si avvicina, non voglio tornare lì dentro.

Ci siamo ferite tanto.

Come faccio a non rientrarci?

Io non voglio entrarci e non voglio farci entrare te!

Come faccio?

Come facciamo?

Vediamo la foresta, ogni giorno è così vicina.

Tu corri Pilar e io non riesco a fermarti, non posso fermarti, non so cosa fare e non so come si fa.

Vedo i tuoi occhi, tu non mi guardi.

Io sono qui, cerco invano di farti accorgere di me, ma tu non mi vedi.

Ora esplodo, è la mia "IO" del passato che parla.

Tu scappi.

Ma ora perché scappi?

Ti riprendo, ci riprovo.

Non mi guardi, non mi ascolti.

Esplodo.

Sento solo la rabbia.

Perché non mi vuoi ascoltare?
Ti riprendo, ci riprovo.
Non mi guardi.
Esplodo.
Frustrazione.

Ti lascio andare, ti slego da qualsiasi attrezzo creato dall'uomo, corda, capezza, filetto, frusta.
Ti lascio libera in quel campo dove avevamo programmato di fare uno splendido lavoro alla corda.
Ti lascio, ti libero di tutto e tu scappi lontano.
Esattamente dalla parte opposta di dove sono io.
Ti faccio così schifo?
Così paura?
Ti ho fatto così male da farti scappare così lontano?
Per sentirsi al sicuro sei dovuta andare così distante da me?
Solo una profonda tristezza.
Quella foresta è vicina e lo sento.
Ci sono già entrata una volta, so quanto è doloroso.
Mi sono ripromessa di non volerci più entrare.
Ma se la foresta avesse ragione?
Se ne fossi uscita solo per un attimo, però?
Per pura fortuna, solo perché qualcuno me l'aveva permesso e mi aveva graziato da quel dolore?
Se fossi destinata a quella foresta?
Forse aveva ragione quella foresta, sì c'ero già stata, ma

ero fuggita per non provare quel dolore, mi ero divincolata per fuggire e uscirne il meno ferita possibile.

Eppure non aveva funzionato.

Ero scappata ma lei era ancora lì.

Cupa mi fissava.

Come avrei fatto cara Pilar, con te?

Non meritavi di seguirmi in questo doloroso viaggio. Non avevi colpe.

Dovevo affrontarlo io, di nuovo, ma questa volta senza di te.

Ti avevo già portato una volta.

Mi avevi già accompagnato la prima volta, ti eri ferita con me.

Non meritavi di farlo di nuovo.

Ti ho lasciato in quel prato, al limitare della foresta.

Dove io potessi vederti ogni volta mi voltassi indietro.

Dove tu potessi ascoltarmi, nonostante andassi avanti e mi infiltrassi nella foresta.

Grazie a Dio, hai un udito migliore del mio; grazie a Dio, il vostro udito è così fine.

Ti ho salutata, mi è scesa qualche lacrima.

Sarebbe stato doloroso, ma dovevo farlo, per me e per te.

Sarei tornata a salutarti tutte le volte.

O l'avrei fatto da lontano.

Ero già uscita una volta, da quella foresta e per te avrei fatto di tutto.

Ti ho salutato di nuovo.

Sei così bella.

Ci vediamo presto.

Forse è così che la foresta voleva farmi sentire ad ogni mio passo.

Sbagliata.

Ad ogni passo, mi sentivo sempre meno adeguata, sempre più fuori luogo.

Mi voltavo, Pilar tu eri lì.

Mangiavi, eri serena.

Sei così bella.

Proseguo.

Inadeguata, stupida, incapace, incompetente.

Semplicemente sbagliata.

Forse aveva ragione.

D'altronde, la foresta è vecchia e saggia, ha più esperienza di me.

Chi sono io, giovane e incosciente, per affrontare chi ha mezzo secolo sulle spalle?

Eppure il tempo, dovrebbe permetterci di apparire sempre più belli saggi, luminosi e potenti di fronte alla vita.

Quella foresta mi sembrava così cupa e turbata, angosciante, opprimente.

Vado avanti.

Sono stanca, ne uscirò mai?

Sento le ferite, profonde.

Guariranno?

Mi volto e ti vedo, cara Pilar.

Bella. Come sempre.

Mi guardi.

Riconosco i tuoi occhi. Sei serena.

Sono io che non lo sono.

Per questo non ti meritavi di seguirmi nella foresta.

È un viaggio che devo affrontare da sola.

Mi siedo. Sono stanca.

Piango.

E se avesse ragione la foresta?

Forse è la domanda che più mi fa paura.

Perché è la risposta a farmela di più.

Se avesse ragione, vorrebbe dire che ciò che sento è realmente sbagliato.

Sono sbagliata e lo sono i miei sogni, le mie convinzioni, il mio istinto, le mie scelte.

Io, semplicemente io.

Sei sbagliata anche tu Pilar, quindi?

Piango.

In lacrime, mi volto e ti guardo.

Non puoi essere sbagliata.

Non posso aver sbagliato con te, la scelta di prenderti con me non può essere sbagliata.

Non posso averti fatto questo!

Ti guardo e piango.

Non me lo perdonerei mai.

Sei così bella.

Sono giorni che sono nella foresta.

Ti guardo e tu mi ascolti, ma so che è necessario che rimanga qui.

Devo andare avanti.

Sono ferita, sento il dolore.

Sono triste, non so come uscirne.

Ma devo uscire, lo devo a me, lo devo a te.

Continuo a camminare nella foresta, cercando un modo per sconfiggerla, per dimostrarle che non sono sbagliata.

Continuo a camminare, poi inizio a farlo sempre più velocemente, ora corro.

In testa, solo una parola "sbagliata", sul corpo solo ferite.

Sentivo il dolore, ma non mi importava

più, ora correvo, avrei voluto urlare: “Non sono sbagliata” Poi ad un tratto lo feci, mi fermai, guardai in alto e urlai.

“Io non sono sbagliata.”

Poi ho guardato verso di te Pilar.

Non me ne ero accorta, avevo corso talmente tanto che ora eri un piccolo puntino marrone in fondo ad un tunnel di rovi e rami.

Eri così lontana.

Avevo percorso tutta la foresta.

Ero così lontana.

Così lontane, ma ti sentivo così vicino.

Rimasi lì a guardarti.

Più guardavo, più mi accorgevo solo di te.

Fu in quel momento che mi perdonai.

Semplicemente mi perdonai.

Non so per cosa, ma perdonai me stessa.

Per ciò che ero, per ciò che sono, per ciò che ho fatto.

Ho smesso di sentirmi in colpa per tutto ciò che per cui mi sentivo in colpa.

Ero e sono semplicemente io.

Non c’era nulla di sbagliato o giusto in questo o in me.

Sono io.

Ti guardo e sei ancora lì a mangiare l’erba.

Io così lontana, tu sempre bellissima.

È il momento di tornare.

Sto tornando Pilar.

Ti vedo davanti a me.

Finalmente sto tornando.

Sto tornando, cara Pilar.

Ora ti vedo davanti a me.

Capisco perché nella strada per la foresta non potevo guardarti.

Non avrei tollerato l'immagine, di te così lontana e io in questo doloroso viaggio.

Ma ora sto tornando.

Ti vedo davanti a me, non vedo l'ora di toccarti.

Mentre cammino, sento ogni ferita pulsare e piano, piano ognuna si rimargina.

Nessuna scompare, il segno sembra rimanere, sai?

Forse ferite così profonde sono difficili da far scomparire o nascondere.

Rimangono qui con me.

Come a ricordarmi questo viaggio.

Ora che il dolore sta passando, mi sembra di vedere con maggior chiarezza.

Quasi, ognuna di queste, sembra essere così familiare.

Come se, ognuno avesse ora il proprio nome.

Mentre cammino, le riguardo e riesco a vedervi.

Ora che il dolore soffocante era sparito, riesco a guardarmi.

Piano, piano le tocco.

Voglio capirle.

Voglio sapere chi sono.

Mi sembrano così familiari.

Sto tornando Pilar, ma mentre ti guardo osservo anche loro.

Voglio capirmi.

Voglio sapere chi siete.

Se volete rimanere sul mio corpo almeno datemi la possibilità di conoscerci.

Mi sembra di essere in un vortice.

Vorrei ascoltarvi tutte, ma se fate così non riesco, non posso.

Ho detto un attimo.

Basta, vi prego.

Voglio ascoltarvi tutte!

Non riesco se fate così, basta vi prego!

Un momento, uno per volta!

Vi prego!

Basta!

Ora siete tutte mute.

Anche io lo sono.

Le riguardo e finalmente riesco a vedervi senza esserne sopraffatta.

Finalmente siete in silenzio.

Ho deciso, guardando ho capito.

E meno male, siete ancora in silenzio.

Ho deciso di ascoltare ognuna di voi.

Nel viaggio verso casa, vi ascolterò tutte.

Sto tornando cara Pilar, voglio capire però tutto questo e tutte queste ferite.

Vi sto ascoltando ora.

Voglio capirvi.

Ogni ferita ora urla qualcosa, sembra tutto così sconnesso.

Non sapevo volessero parlare e avessero così tante cose da dire.

Ognuna di loro, un fiume in piena.

Pronta a straripare.

Ma come faccio ad ascoltarvi tutte?

Cara Pilar, meno male non sei qui.

C'è un così tale casino, una tale confusione.

Almeno le tue orecchie sono state risparmiate.

Urlate ora, ognuno di voi urla, come volendo primeggiare sulle altre.

Non capisco, non so a chi dare ascolto.

Siete così tante ad ognuna così scalpitante.

Tanti altri mi guardano. Le vedo puntarmi il dito.

Poi, il silenzio.

Piano piano, si incoraggiano e cominciano a sussurrare.

Cosa dite adesso? Forza sono qua.

Nessuna risposta.

Riprendono a sussurrare di nuovo.

Non capisco quello che dicono.

Guardandomi, mi fate sentire così inadeguata.

Vi chiedo di nuovo. Nessuna risposta.

Se non merito però nessuna risposta, non capisco come possa meritare i vostri commenti.

Tutte lì a due passi. Eppure io sono qui.

Sto tornando dalla mia Pilar.

Non credo che mi fermerò altro tempo con voi.

Mi dispiace, ma non ho più tempo.

Pilar sto tornando.

Piano, piano anche queste le vedo scomparire nelle loro stesse bocche, quasi come se si fossero inghiottite da sole.

Così sazie e così sole, finendo col mangiarsi da sole.

Vivere di solo loro stesse.

Sto tornando Pilar e non vedo l'ora.

Vi lascio adesso, devo andare.

Tu che mi guardi con quell'aria da superiore.

Mi sembri offesa.

Sembri molto offesa dal mio comportamento.

Mi dispiace.

Ti sento che sussurri, mi dispiace che il mio comportamento non ti sia piaciuto, ma purtroppo sono fatta così, non mi appartiene il fermarmi nell'oblio.

Ora so chi sono.

So chi sono stata.

Mi sono sempre sporcata, rimboccata le maniche, immersa e infangata in ogni situazione, in ogni contesto, in ogni emozione, pur di riuscire sempre a far quadrare tutto e a rendere gli altri protagonisti di qualcosa di bello.

Tu mi guardi offesa.

Mi dispiace.

Ora forse però, non più.

Io non sono te. Non lo sono mai stata.

Ti vedo piano, piano come ti rattrappisci.

So che rimarrai con me sempre.

Ma almeno adesso sai cosa penso.

Io non sono te.

Ti rattrappisci.

Rimarrai cicatrice.

Amando

26/6/2021

Sto tornando, cara Pilar.

Non vedo l'ora.

Sento solo una ferita non chiudersi mai.

Non capisco, le ho guardate tutte.

Ho tentato di ascoltarle, di parlare con loro. Eppure questa ferita è ancora qui.

Non sembra come le altre.

Rallento, cara Pilar.

Arrivo, ma ho necessità di guardarla meglio.

Non voglio inciampare in questa foresta.

Rallento, ma sto arrivando, cara Pilar.

Cosa ci fai qui, te? Non sai come le altre.

Non sembri inflitta, sembri invece nata dall'interno.

Come se fossi nata da me.

Ti guardo, ti osservo.

Più ti guardo, più capisco, so chi sei. So che ti ha creata.

Sei stata creata dalla stessa persona che ti sta guardando proprio in questo momento.

Come ho fatto a non vederti prima?

Così piccola, eppure così profonda.

So chi sei.

Sei nata, non so neanche io quando sei nata.

Forse sei sempre stata lì.

Eppure ti vedo solo adesso.

Sei con me da sempre forse. Mi hai accompagnata e ora siamo qui.

Io e te.

Una di fronte all'altra.

Sai il mio nome.

Io sono il tuo.

Ora mi viene da sorridere.

Ti guardo e tutte quelle sensazioni di non essere mai stata all'altezza, di essere sbagliata, di essere qualcosa che piacesse agli altri, ora sembrano così stupide.

Perché non mi sono mai ascoltata per quello che sono?

C'è una risposta?

Alzo lo sguardo verso di te Pilar.

Ora mi guardi anche tu.

Amare sembra un'idea così semplice davanti ai tuoi occhi.

Potrei mai amarmi, quanto amo te, cara Pilar?

Spero, un giorno.

Intanto guardo quella ferita. Ora mi sembra meno profonda.

Mi perdono per quello che non sono stata all'altezza di fare, per chi avrò deluso, quelli che mi hanno inflitto ferite lungo il mio percorso.

Guardo quella cozzaglia di sensazioni che mi hanno sempre fatto percepire di essere sbagliata, al momento sbagliato.

Le guardo e le sorride.

Non siete mie.

Io sono felice.

Vi ho fatte mie, credendo che lo foste.

Ma ora so che non lo siete.

Vi sorrido.

Mi avete tormentato, ma ora vi perdono.

Ero una persona felice e avevo e ho un sogno.

Ti guardo Pilar, sei tu il mio sogno.

Sono quella persona.

Guardo la ferita rimarginarsi ancora un po'.

Ora va meglio.

Sto tornando Pilar.

Sto tornando e non mi sono mai sentita così grata alla vita.

Non so ancora quando riuscirò ad amarmi ed accettarmi, la ferita è sempre lì.

Però ti guardo Pilar e so quanto amo te.
Forse riuscirai ad insegnarmi come io possa amarmi?
Forse lo stai già facendo.
Forse un po' mi amo già.
Guardo la ferita, si sta rimarginando, le sorrido.
Si torna a casa.

Sto tornando da te Pilar e non sono mai stata così tanto felice.

Quasi corro, però cammino.

Voglio godermi questo viaggio nella foresta.

Quanto l'ho disprezzata.

Ora quasi ne ha assaporo tutto ciò che mi rimanda.

Mi hai resa più chiara.

Mi sento come luce.

Sto tornando, ti vedo sempre più vicina.

Ecco, finalmente gli ultimi passi che ci separano.

Ora mi guardi, sembri serena.

Sono uscita.

Sono fuori.

La foresta non mi circonda più Pilar.

Sono da te.

Mi guardi e mi tocchi.

Sembra la prima volta.

Ti sento, sono così felice di essere di nuovo qui con te.

Ora sono a casa.

Ti invito a mangiare l'erba.

Ti rimetti a mangiare l'erba, ora ne sai apprezzare il gusto.

Io rimango con te, sono felice.

Alzo gli occhi al cielo, quanto è azzurro?

Quanto è immenso?

Non lo guardavo da tempo, eppure lui era sempre stato lì.

Chissà da quanto non gli volgevo gli occhi.

Così alto e così azzurro.

Ti guardo mangiare l'erba e vorrei che questo momento non finisse mai.

Sono così grata alla vita che quasi mi scoppia il cuore.

Finalmente, sono serena.

E lo sei anche tu.

Cosa dici?

Rimaniamo un po' sotto questo cielo?

Si torna a casa Pilar.

Siamo in questo prato da giorni.

Tu nel prato, io sono stata per lo più nella foresta.

Grazie per aver atteso il mio ritorno.

Cosa dici, torniamo a casa adesso?

Mai come in questo anno, il termine “casa” ha significato per noi così tante cose, persone, luoghi, sensazioni.

Forse una casa non esiste e non esisterà mai.

Sarà casa tutto quello che vorremmo che lo sia.

Anche io e te, forse siamo “casa” Pilar.

Ti riprendo al mio fianco.

Ora mi ascolti e mi guardi.

Sono serena.

Libera da tutto ciò che è stato.

Ci voltiamo per tornare a casa.

Mi fermo e tu ti fermi al fianco.

La voglio guardare un'altra volta, spero sia l'ultima.

È ancora lì.

La foresta.

Ci osserva anche lei, al limitare del prato.

Non riesco più ad avercela con lei.

È stato doloroso attraversarla.

Eppure senza di lei non sarei qui con te, Pilar.

Sarei inghiottita da tutte quelle ferite. Mi sarei persa nel loro tormento.

Ma sono qui, ce l'ho fatta.

Grazie a te Pilar, grazie a me. Grazie a quella foresta.

Ti ho odiata, con tutta me stessa.

Poi ti ho accettata, ascoltata, mi ci sono infine inoltrata e hai fatto parte di me.

Però non sei scomparsa, sei lì.

Al limitare del prato.

Sorrido, so che mi aspetterai lì.

Per ora, ti sorrido e ti ringrazio.

Ti ringrazio per avermi permesso di attraversarti, ascoltando le mie ferite.

Sarai lì con noi, come una vecchia amica.

Quando io e te Pilar torneremo in questo prato, sarai qui con noi.

Arrivederci foresta.

Torniamo a casa.

Andiamo Pilar.

Si torna a casa.

Siamo finalmente a casa, siamo tornate.
Ora sappiamo entrambe cosa fare.
Ora inizia il nostro viaggio.

Siamo serene.

Inizia ora la nostra vita insieme! Iniziamo a lavorare a nuovi progetti.

Voglio portarti al mare Pilar.

Voglio farti vedere quanto è bello. Non ora, ma presto lo faremo.

Ora siamo io e te e ci concentreremo su questo.

Sei così bella.

Mentre ti pulisco spazzolo al millimetro ogni parte del tuo corpo.

Quasi fossi un antico cimeglio di famiglia. Ora ho l'attenzione per avere più cura

di te.

Ora che le mie ferite non mi distolgono da te, ti vedo stagliata, chiara, luminosa.

Sei la Pilar.

Sei un cavallo, un animale splendido e ti rispetto per questo.

Ti rispetto per la cura e la grazia che hai nei miei confronti.

Continuiamo a lavorare insieme.

Conosco persone, storie e da ognuna cerco di trarre un pezzetto che mi permetta di capirti sempre un po' di più.

Che consolazione, la serenità.

Siamo serene e non chiediamo di più.

Le cose continuano, siamo serene.

Cosa dici, Pilar, facciamo una passeggiata?

Sì sembri volerla fare, felice di andare.

Andiamo.

Partiamo.

Da tanto tempo non ero così serena e felice di camminare con te.

Ora ne ho la prova.

La cosa più difficile da domare non sarà mai nessun tipo di cavallo, sarà sempre la nostra testa.

Ma ora che mi conosco meglio, so cosa fare.

Mi sono perdonata e mi perdono sempre di più, ogni passo che faccio con te.

Ti voglio così bene.

Camminiamo fianco a fianco.

Non sono salita. Non ne sento il bisogno.

Voglio camminare al tuo fianco, ogni passo che attraversi voglio che sia anche il mio.

Voglio essere al tuo fianco, voglio esserti amica.

Non ti voglio prevaricare.

Sì mi lasceresti salire, questo lo so.

Perché in questo ti hanno educata e la tua dedizione al lavoro, fa invidia anche a tanti di noi.

Però, i tuoi occhi non mentono.

Non saresti serena, felice.

Così, ho deciso per ora di non salire, ma di seguirti fianco a fianco, passo, passo nelle nostre avventure, come due amiche.

Mi dirai te il momento in cui potremo evolvere la nostra amicizia.

Per ora sto qui, al tuo fianco. Come tu feci con me.

Camminiamo.

Siamo su un argine. Io e te.

Non mi sono mai spinta così in là con un cavallo.

Camminiamo.

All'improvviso un balzo, qualcosa ti ha turbato.

I tuoi occhi non rispecchiano la serenità con cui eravamo partite. Va bene.

Siamo insieme.

Di nuovo un balzo.

Percepisci qualcosa che io non vedo e forse non vedrò mai.

Siamo lontane da casa. Io e te, sole.

Ti guardo, non sei serena. Cosa posso fare?

Stiamo qui.

Ci sono io.

E ora che io ci sia per te.

Stiamo qui.

Tutte le volte in cui ti agiti ti parlo.

Io non me la prendo con te, avrai le tue buone ragioni che io non comprendo o non percepisco, non vedo e non odo.

Posso solo stare qui con te, rassicurarti sul fatto che non succederà nulla.

Mi ricordi la stessa frenesia, lo stesso panico, che aveva scatenato la foresta in me.

Quel senso di inadeguatezza, che a te deve farti percepire, l'impossibilità di poterti salvare.

Vedo i tuoi occhi.

Sei in panico e non sai a chi chiedere aiuto.

Ti aspetto, ti faccio vedere che ci sono io.

Non ti accarezzo, so che non ti piace.

Ti parlo e ti allontano.

Sì, ti allontano.

La mia sicurezza è la tua.

Non posso essere punto di riferimento per te, se per prima non riesco a tutelarmi.

Ti invito a mangiare l'erba. Non ti derido, nè ti prendo a schiaffi.

Tutto ciò a cui stai reagendo, non ti piace. Lo vedo e lo percepisco.

Il tuo è solamente un istinto di sopravvivenza.

Non reagirei nello stesso modo?

Allora ti accompagno.

Ti invito di nuovo a mangiare l'erba, non lo fai, lo vedo, non sei tranquilla.

Respiro.

Non c'è, ma la vedo. La foresta è sempre pronta ad inghiottirci.

Il mio respiro è il tuo.

Ti parlo.

Poi no, sto in silenzio.

Allora ti accompagno quattro passi più in là, mi segui abbassi la testa.

Forse il pericolo è andato.

Ti invito a mangiare l'erba. La mangi, un po' nervosa.

Stiamo lì finché non sei tranquilla.

Ti aspetto.

Non mi hai forse anche tu aspettata, là fuori da quella foresta?

Ora ti aspetto io. Ti aspetto e ti osservo.

Osservo ogni piccola parte del tuo corpo.

Vi siete mai accorti come velocemente i muscoli di un cavallo, si preparano alla fuga? Io no.

Ora sei calma.
Anche il mio animo lo è.
Cosa dici, torniamo a casa?
Passo, passo.
Insieme.

Semplicemente, buon compleanno Pilar.

Non so di che categoria facciano parte le persone che festeggiano il compleanno dei loro amici cavalli.

Un tempo forse, per una domanda così, mi sarei sentita profondamente stupida nel farmela. Figurarsi nel rispondermi.

Ora nulla mi turba.

Forse è un problema festeggiarlo? Ho limitato la libertà di qualcuno?

Ho forse offeso, deriso qualcuno?

No.

Allora non ci vedo nessuna colpa, nessuna motivazione.

Siamo io e te Pilar, davanti ad una torta di carote.

Sono felice. Penso che anche tu lo sia.

Ho preso addirittura i palloncini, cosa mi ha detto la testa?

Chissà cosa ti dice ora la tua!

Siamo felici. Poco importa.

O forse, importa, solamente a noi.

Allora alla nostra Pilar, mille ancora di questi compleanni.

Ad Maiora.

Così difficile chiedere aiuto.

Così difficile trovare qualcuno che te lo dia, senza fini ulteriori.

Abbiamo incontrato tante anime nel nostro breve ed intenso percorso.

Chiedemmo aiuto, un giorno. Ero disperata.

Disperatamente alla ricerca di risposte.

La mia mente frullava di domande, a cui nessuno rispondeva.

O meglio, si rispondevano, ma non era la verità.

Non che rispondessero con bugie.

Ma in quelle risposte, si perdeva il senso di consapevolezza, lo stesso che mi spingeva a fare domande.

Ma un giorno trovai un'anima lucente, serena.

Non buona, perché la bontà viene spesso interpretata come debolezza.

Per cui dirò giusta, coerente, equilibrata.

Nel mio cammino, mi permise di accettare ciò che era avvenuto nella foresta e mi permise di accettare il fatto che ora, nella foresta ci fossi tu, Pilar.

Mi permise di tenderti una mano.

Di aspettarti, ogni tanto mi arrabbiavo.

Di capire quella rabbia, quella frustrazione.

E lasciarla andare, via da me e da noi.

Di lasciarti andare, senza prendermela.

Di non preoccuparmi di ciò che fosse giusto o sbagliato, di ciò che era stato detto o fatto.

Così, attesi.

Imparai a non farmi pervadere dalla mia foresta, da tutte quelle sensazioni orribili che avevo già provato.

Ora c'eri tu in quella foresta, io ti aspettavo a limitare con il prato.

Aspettavo.

Saresti tornata.

Aspettai.

Fu difficile all'inizio.

Ogni giorno accettare la distanza.

Si ha sempre la presunzione di amare subito, accettarsi subito, piacersi subito, riuscire subito.

Così aspettai che tu facessi il tuo viaggio nella foresta.

Imparai a convivere con tutto questo, ti vedevo e, a volte non tolleravo la nostra distanza.

Non me la presi però.

Eri nella foresta, come avresti fatto ad amarmi o, perlomeno sentirmi, da un posto così cupo?

Attesi.

Ti guardavo sempre. Attesi.

E in ogni attesa, imparai ad amarti un po' di più.

Aspettai.

Come si aspetta un'amica.

Saresti tornata e in cuore mio lo speravo.

Lo desideravo. Lo volevo.

Forse quel giorno, così presa da quella lunga attesa, non mi accorsi che stavi tornando.

Ti guardai e ti vidi tornare.

Eri sempre te.

Forse più bella di prima.

Splendente.

Mi guardavi con quei tuoi occhi.

Ora non più feriti.

Ma fieri, sapevi di aver vinto nella foresta.

Io ora lì, pronta a riprenderti con me.

Ora sapevo perché ti amavo così tanto.

Sapevo cosa avevo aspettato.

Il perché lo avevo fatto.

Eri così bella.

Arrivasti da me.

Un leggero sbuffo, come a dirmi che eri di nuovo qua.

Era stato faticoso, ma ora eri qua. Eravamo di nuovo insieme.

Capii cosa fosse l'armonia quel giorno.

Non sarebbe mai giunta se non ti avessi permesso di vivere la foresta.

Forse, non l'avrei mai conosciuta, se non fossi rimasta lì ad aspettarti.

Ti ho aspettato ed ora possiamo condividerla insieme.

Può esiste amore più grande?

Cos'è l'amore?

Tutti ne parliamo, ne condividiamo le sensazioni, lo ricerchiamo, lo pretendiamo.

Eppure cos'è?

Per me eri tu, Pilar.

Eri e lo sei. Per me sei l'amore.

Tutto ciò che abbiamo passato, lo è.

Ogni nostro passo è stato amore.

Certo per raggiungerlo, abbiamo dovuto attraversare la foresta, ma se non l'avessimo fatto, ti amerei così tanto?

Ti amerei certo, forse però non apprezzerei la bellezza dello stare insieme, la preziosità che ne deriva.

Ti amerei, ma non ne avrei capito il significato.

Sarebbe stato un amore platonico, ma privo di ogni profondità.

Aver visto le tue ferite, le mie, aver dovuto trarre da esse la bellezza e averle poi guarite, non ci ha permesso di condividere, ciò che più si può definire amore?

Amore certo, non è arrivato subito.

Ho odiato certi atteggiamenti e comportamenti, ma perché non li comprendevo.

Ho odiato l'attenderti nel prato, è stato frustrante.

Ho odiato una parte di te, ed una parte di me.

Ora però che ti vedo, mi accorgo che ogni singolo momento, ogni singola sensazione di odio era dettata dal fatto che non ti comprendessi...

Così, la parte che più ho odiato di me, si è messa studiare, sperimentare, chiedere aiuto. Perdonandomi di tutti gli errori che avevo fatto, che stavo facendo e che avrei continuato a fare. Non siamo forse tutti in cammino?

Così anche la parte che più odiato di te hai iniziato ad avere un significato; mi dava ogni giorno la spinta per migliorarmi.

Tutto ciò che odiavo, era esattamente tutto ciò che non capivo.

Il problema non era tuo.

Solo ed esclusivamente mio.

Se non capivo, il problema non ero io?

Di nuovo, mi trovai ad attenderti, osservarti, studiarti e

più lo facevo, più mi accorgevo che ogni piccola parte di te, finiva con il cambiarmi.

Ora inizio a capirti e tu sembri esserne davvero contenta.

Ogni mio gesto è chiaro, ti vedo rispondere.

Quasi fosse un dialogo.

Ora ci capivamo, io ti comprendo.

Forse non sarà per sempre, ma è già un piccolo passo.

Ti do fiducia, ti sono grata.

Grata per essere qui con me.

Ogni passo verso il profondo e doloroso essere, accompagnato da te.

Mi spingi in questo baratro e mi aiuti a risorgere.

Non è forse questo, l'amore?

Ogni meta, porta con sé il suo viaggio, il suo percorso.

Il nostro è iniziato, ed inizia tutte le volte in cui ci capiamo un po' di più.

Tutte le volte che ci comprendiamo, meglio o peggio non ha importanza.

Tutto è importante, nulla può essere trascurato.

Tutto ciò che è peggio e tutto ciò che può essere fatto meglio.

Tutte le volte in cui non ci capiamo, sono tutte esperienze in cui dobbiamo imparare come arrivare a farlo.

Ogni cammino merita di essere amato, per quanto doloroso possa essere.

E ogni cammino merita di essere interrotto, cambiato, modificato, deviato.

E questo me lo hai insegnato tu, Pilar.

Non siamo nati per essere inscatolati o per vivere secondo regole prestabilite.

Ognuno merita di amarsi e amare il proprio cammino.

Amare il proprio cammino e amare la propria felicità.

E io, sto amando tutto questo, questo nostro cammino.

Siamo insieme, camminiamo.

Oggi ti ho lasciata andare.
Ti osservavo, insieme nel prato.
Non eri soddisfatta.
Gli occhi non mentono mai.
Avevamo corso, fatto ginnastica, respirato.
Eppure non eri soddisfatta.
Sentivi di potermi dire qualcosa che ancora non comprendevo.
Ora ci capiamo, eppure qualcosa è lì in fondo al cuore…
Non sapevamo cosa fosse, o meglio.
Tu sapevi, forse l'hai sempre saputo.
Io no e non lo capivo.
Mi sono fermata al tuo fianco.
Ho sentito.
Penso non esistano parole per definire

questa sensazione. Semplicemente, dovevi essere libera.

Mi voltai verso la foresta, ora faceva meno paura, ma ancora un po' lo faceva.

Ecco cosa non andava.

Quella foresta che avevo attraversato con tanta fatica, mi aveva permesso di osservare, abbracciare e piangere con tutte le mie ferite.

Ed io ero quelle ferite.

Sarebbero rimaste per sempre lì, non potevamo non vederle, scorgerle.

Erano lì, con noi.

Con me e te Pilar.

Fu in quel momento che ti lasciai andare.

Libera, libera da ogni cosa che ti trattenesse a me.

Anche tu vedevi quelle ferite…

Non volevo che le accettassi come dato di fatto.

Non ne ho la presunzione.

Non sono tue, cara Pilar.

Non voglio che ti facciano paura… Più di quanto non ne facciano a me.

Ti lascio andare.

Sei perplessa ora.

Ti ho fatto forse un torto?

Sei libera, fa ciò che vuoi, non importa.

Sarò qui quando lo vorrai. Adesso corri via.

Ecco quello che mi aspettavo. Ti stavo trattenendo.

Rimasi a guardarti. Ti sei presa il tuo spazio.

Te lo lascio, avrai le tue buone ragioni.
Ti aspetto.
Mentre ti aspetto, guardo la foresta.
Ti ho attraversato, abbiamo sofferto e poi gioito…
Eppure mi fai ancora un po' paura…
Sarà la paura di doverti attraversare di nuovo?
Di soffrire ancora? Di entrarvi e non uscirvi?
Di sentire di nuovo tutto questo?
Mentre penso a tutto questo mi volto e ti vedo…
Sei così bella Pilar, mentre mangi l'erba al sole.
Splendi; non hai mai avuto un pelo così lucente, l'ultimo bagno due mesi fa, ma luccichi.
Riguardo la foresta. Perché ho paura?
Sono qui con te Pilar, perché me ne sto preoccupando?
Non lo so neanche io. Ti volto le spalle, foresta.
Scusami, ci vedremo quando ce ne sarà il bisogno o quando accadrà…
Che senso ha, avere paura di poter avere paura di te, cara foresta?
Mi volto. Arrivederci foresta.
So che non sarai mai un addio.
Ti vedremo sempre dal nostro prato verde.
Vengo verso di te Pilar.
Ti chiamo. Così, senza aspettativa.
Ti chiamo e basta, come si chiama un vecchio amico.
Alzi la testa. Inizi a correre verso di me.
Io rimango lì, ferma.

Sbalordita e stupida al tempo stesso.

Davvero stai venendo da me?

Wow... Non so cos'altro dire...

Vieni e rimani al mio fianco.

Corro e tu corri.

Mi fermo e sei al mio fianco.

In quell'enorme prato verde decidi di stare con me, eppure potresti andare ovunque.

Sorrido. Ora sappiamo entrambi quello che tu già sapevi.

Nessuna corda, prepotenza, forza, carota, ti avrebbe portato al mio fianco, se non la libertà stessa.

E nessuna paura mi avrebbe permesso così tanta libertà, se non il provare la paura stessa.

Ora sono libera e serena.

Non possiamo fare tutto, certo. Siamo pur sempre la Pilar e la Glo.

Ma guardandoci, sappiamo cosa fare.

Io ora so cosa fare.

E sono libera.

Siamo libere.

Un anno esatto che ci siamo incontrate.

Le montagne, no quelle le dobbiamo ancora scalare, un giorno, ti ci porterò.

Cara Pilar… Ora siamo qui, nel nostro prato verde, al limitare della foresta.

Corriamo.

Ridiamo.

A volte piango.

Poi ti guardo.

Sei sempre bellissima.

Siamo qui, insieme; la foresta, al nostro fianco.

Ormai non è più così cupa, sembra quasi proteggerci da ciò che passa al di là

Sappiamo entrambe che un giorno dovremmo incontrarla di nuovo.

La saluteremo come una vecchia amica.
Per ora siamo nel prato. Poco importa.
O forse importa a noi. Siamo serene.
Siamo insieme. Io sorrido, tu sgroppi.
Sei bellissima... Ti chiamo, vieni.
Ti lascio avvicinare, ti bacio la testa.
Ti sposti un po'... Mi sposto, forse ho esagerato.
Ti avvicini di nuovo. Mi appoggio a te, rimani lì.
Come se i nostri pensieri fossero gli stessi.
Siamo felici, serene.
Forse ora siamo grata entrambe.
Siamo insieme.

Cara Pilar, non so più chi tu sia, o meglio, lo so fin troppo bene...
Come se ti conoscessi da sempre, eppure muti ogni giorno.
Ogni giorno diversa, enigmatica, solare, triste, serena, impaurita...mi ricordi la vita...
Grazie per avermi accompagnata.
Ti amo, come si amano il cielo, la terra, il sole, il mare.
Ti amo e grazie a te, ora so amarmi.
Ad ogni passo, insieme.

Questo libro è nato per puro caso, da un periodo difficile, da una foresta che abbiamo dovuto attraversare.
La stessa foresta che ho tanto odiato e che ora, benedico.
Senza quella foresta non saremmo qui, non avremmo raccontato nulla.
Grazie foresta.
Grazie di cuore.
Un grazie va sicuramente a te Pilar.
Compagna e amica di vita.
Senza di te, tutto questo non avrebbe un senso.
Che potere enorme può avere l'amore, non credi?

Un grazie all'amore stesso.
Ne viviamo tutti i giorni le sfumature.
È senza dubbio, una benedizione.

Grazie alle anime che mi accompagnano in questo viaggio.
Grazie nonno.
Grazie a tutti.
Sentinelle silenziose in questo cammino.
Anime forti e sensibili.
Grazie.

Grazie alla mia famiglia,
non ci sono abbastanza parole su questa Terra per de-

scriverne l'importanza.

Grazie a tutti coloro che incontro ogni giorno.
Ognuno di voi è fondamentale in questo cammino.
Grazie per ogni insegnamento, grazie per ogni parola che mi donate.
Grazie a tutti coloro che mettono in dubbio, criticano, puntano il dito.
Ogni vostra parola, ogni vostra critica, è fondamentale in questo cammino di crescita.
Anime in cerca della vostra strada. Io non sono voi.
Non sono disposta a rinunciare a tutta questa bellezza, a tutto questo amore.
Siete fondamentali.
Non indispensabili.

Grazie, infine, al mio più grande amore.
Sei stata la forza che mi ha permesso di andare avanti.
Trovare il coraggio di proseguire in quella "foresta".
Sei ciò che mi ha permesso di guardarmi dentro,
conoscermi, scrutarmi, cambiare, evolvere.
Sei parte di me tutti i giorni,
in ogni momento.
E io ne sono felice.

Grazie a tutti voi, che leggerete o avrete letto queste pa-

role.

Non vi chiederò nulla,

se non di averne cura.

Abbiate cura di ognuna di esse.

Grazie.

Printed in Great Britain
by Amazon